◈ 시조선집 ◈

연변동서방문화연구회 편찬

청자의 꿈 백자의 향

◈ 시조선집 ◈

연변동서방문화연구회 편찬

청자의 꿈 백자의 향

김 동 진 著

한국학술정보㈜

저자 약력

- 1944년 중국 흑룡강성 녕안시 동경성진 출생.
- 1983년 연변대학통신학부조문전업(본과) 졸업.
- 길림성 훈춘시문체국창작실 창작원.
- 2004년 정년퇴직.
- 중국소수민족작가학회 회원.
- 중국 연변작가협회 이사.
- 중국 훈춘작가협회 고문.
- 『동북아금삼각』잡지 편집.

◈ 주요저작

- 시집 『칠색무지개』(공저, 1984년)
- 시집 『가야금소리』(1990년)
- 시집 『안개의 강』(1999년)
- 시조선집 『청자기의 꿈』(1999년)
- 시집 『백두산에 가서는』(2001년)
- 시집 『낙엽귀근』(2002년) 등.

머 리 글

　동년배의 시우들이 거의가 그러했듯이 내가 시조에 애착을 느낀 것도 중학생시절에 「태산이 높다 하되 하늘아래 뫼이로다」라는 시조를 배우고 나서였다. 그 후 시를 쓰면서 가끔 시조도 습작하였는데 마음을 다잡고 시조 배우기에 노력을 기울인 것은 1980년대 말부터였다. 그때로부터 10년이 지난 1999년에 그동안 쓴 시조를 모아 한권의 어설픈 시조선집 『청자기의 꿈』(흑룡강조선민족출판사)을 출간하였다.

　내가 시조를 사랑하는 것은 시조가 유일하게 순수한 우리의 것이기 때문이다. 고려에서 시작되어 장장 700여년의 연륜을 아로새기며 끈질긴 생명력으로 오늘에 이른 우리의 시조문학임에랴. 주지하다시피 시조는 우리 민족의 3장 6구체의 가장 짧으면서도 가장 완결된 정형시이다. 이 자랑스러운 전통과 유산을 보호하고 계승, 발전시키는 것은 오늘을 살고 있는 우리에게 있어서 상당히 중요한 과업이 아닐 수 없다.

　한수의 좋은 시조를 보면 민족의 혼이 소복이 담긴 깜찍하면서 어여쁜 작은 그릇을 보는 듯이 마음이 즐겁다. 그리하여 나는 선인들이 물려준 명시조를 감상할 때마다 할머니께서 반짝반짝 닦아놓으시던 작은 놋그릇을 떠올린다. 이 작은 그릇에 그처럼 풍부하고 섬세한 정감을 꽁꽁 눌러 담아온 선조들의 슬기와 지혜에 탄복하지 않을 수 없다. 시조에서 풍기는 청순하고 고결한 체취와 숨결에서 하나의 사랑스러운 민족을 느낄 수 있다는 것은 나 혼자의 생각만이 아닐 것이다.

하지만 유감스럽게도 나의 시조는 아직 높은 예술경지에 이르지 못한, 말 그대로 수준미달이다.

이 시조선집의 이름을 『청자의 꿈 백자의 향』이라고 한 것은 전에 출판한 『청자기의 꿈』과 그 자매편으로 준비했던 『백자의 향』을 함께 묶기 때문이다. 그리고 『청자기의 꿈』을 『청자의 꿈』이라고 한 것은 내가 흑룡강조선민족출판사에 교부할 때의 원 제목이 『청자의 꿈』이기 때문이다 (출판사에서 『청자기의 꿈』이라고 고쳤는데 나는 지금도 그것을 잘못된 것이라고 주장한다).

이에 약간의 해석을 가하면서 이 시조선집의 편찬과 출판에 심혈을 기울이신 연변동서방문화연구회와 한국학술정보(주)의 여러 선생님들께 충심으로 되는 감사를 드린다.

저　자

차 례

제1부 청자의 꿈

제2부 백자의 향

제1부 청자의 꿈

1. 부활의 노래

봄이 오는 마당에서

진달래 망울 터쳐
수집은 산기슭에
연분홍 아지랑이
아물가물 노닐 때면

강남 간 고향 제비도
귀향길 다그치리

차분한 보슬비로
머리감은 언덕너머
한 송이 목화구름
몽실몽실 떠오르면

박꽃이 하얗게 웃던
고향집이 그리워

종다리 날아예는
반공을 우러러
맘속 쌍무지개
칠색으로 걸어놓고

훨훨훨 나래 쳐가는
그림을 그려본다

농가의 봄

처마 끝 고드름이
볕 쪼임 하는 사이
창문가 종자접시
무늬 진 애기 벼 싹

파아란
하늘 한끝을
몸에 살짝 감았네

봄 물결 푸른 자취
어딘들 없으리오
민들레 하얀 꿈
키우는 저 보슬비

촉촉이
젖은 새봄이
꽃 대문 열었네

시냇물

갈매기 날아드는
바다가 그리워
청산을 남겨두고
다그치는 동동걸음
정이야
가슴에 새겨
두고 보며 울겠지

가며는 못 오는 길
뒤돌아 다시 한번
회포에 젖은 마음
한 조각 찢어내어
헤어진
산천초목에
스며드는 물안개

바람이 흘러가고
구름이 흘러가고
세월도 물과 같이

멈출 줄 모르나니
이 몸도
물 따라 만리
함께 가야 하겠네

단풍잎 지는 가을

어깨를 스쳐가는
단풍잎에 놀라워서
무심결 바라보니
높들린 푸른 하늘
『ㅅ』자형
기러기부대
줄지어 솟았구려

이른 봄 고운 자취
어제런 듯 가까운데
냇물에 비낀 모습
서리발이 희끗희끗
마음은
푸른 봄인데
몸이 먼저 가을일세

장미꽃도 한철이요
서리꽃도 한철이라
흘러가는 광음에

무슨 원망 있으리오
남은 피
빨갛게 끓여
서산에 뿌려야지

추석날 밤에

동산이 몸을 풀어
달덩이 낳는 저녁

멍석 편 뜨락으로
굴러드는 고운 웃음

큰애기
명월청풍을
옥쟁반에 담아왔네

두리상 둘러앉아
술잔을 마주치고

젓가락 장단에
불러본 고향노래

시골도
한가위 날에
더 밝은 달이었네

불 단풍

서릿발 내릴 적
불 단풍 타는 가슴
지는 듯 피어나니
석양빛 더욱 예뻐

눈송이 하얀 언덕을
웃으며 가는 나그네

이 몸이 눈 감으면
넋이야 있고 없고
한줌 뼈 하얀 뜻
앞 강물에 띄워주오

살아 못 닿은 바다
그때면 가볼 거야

가다가 구름 되어
저 산에 부딪치면
산이야 높고 낮고

골골마다 스며들어
후세의 푸른 천하를
생시처럼 보련다

실바람

한 오리 실바람이
벌판을 스치더니
양지쪽 검불 속에
들려오는 고운 숨결

바쁘다
봄 마중 나온
금잔디 아가들아

파아란 바늘귀에
햇살을 꿰어 들고
시골을 징식하는
봄 아씨 섬섬옥수

꿈 많은
땅의 가슴에
새 생명 주었구나

시골 소감

하얀 벽
노란 이영
차리인 동네이면
어디서나
내 집처럼
하루 밤 묵고 싶다

사립문 삐걱 소리도
그처럼 정다워

막걸리
익는 향이
코끝에 스쳐오고
떡방아
찧는 소리
귓전에 들려오니

어쩌면 어머니 계신
내 고향 같구려

나리꽃

뿌리 채 안고 갈까
저 고운 수줍음을

한 줄금 소낙비에
시원스레 목욕하고

나그네
가는 발길을
처지게 할 바엔

고사리

가지고 싶은 거야
그것뿐이 아닐 텐데

모든 것 외면한 채
햇살 한줌 움켜쥐고

기차라
여린 손아귀에
감겨든 하늘빛이

대답 없는 메아리

꽃잎을 실어 보낸
하얀 종이배 하나
지금쯤 어느 바다
누구랑 만났을까

소리쳐 불러보아도
대답 없는 메아리

바람에 날려 보낸
긴 꼬리 가오리 연
지금쯤 어느 하늘
누구랑 잉켰을까

소리쳐 불러보아도
대답 없는 메아리

한줄기 냇물 따라
한 송이 구름 따라
종이배, 가오리 연

파란 봄 추억 속에
흐르면 옛말이 되는
세월이 비껴있다

휘파람

물망초 수줍음이
남빛 꿈 터뜨리면

남 양지 봄날같이
금잔디 언덕같이

따스한
휘파람소리
귓방울 간지럽네

꽃나비

남산에 살구나무
타는 웃음 수줍을 때
산 너머 호랑나비
수놓은 고운 날개
연정의
봄바람인양
언덕을 스쳐온다

웃는 꽃 숨긴 뜻을
꽃나비 먼저 알고
시절을 어길세라
천리 먼 길 마다하니
높은 산
깊은 골에도
사랑은 불같아라

실개울

심산 속 기어 나온
한 마리 흰 배암이
스치는 골마다
새겨놓은 맑은 기운

돌돌돌
자갯돌 굴려
옥으로 깔아놓고

아득히 가야 하는
발 없는 천리 길에
말쑥한 참마음을
고이 펴는 하얀 집념

졸졸졸
달리는 노래
지칠 줄 몰라라

진달래. 1

쓰러진 선각자의
영령이 누운 고개
청명날 젖은 하늘
뜨겁게 끌어안고

온몸이
화끈하도록
달아오른 모닥불

긴 밤에 두견새가
남몰래 울었나봐
찬 밤빛 잎새마다
방울 맺힌 진주이슬

눈물로
끄지 못하는
산불인줄 몰랐을까

봄살이

동토의 닫긴 가슴
헤집고 들어가서
힘겹게 안아 올린
가냘픈 씨앗머리

고것이 생명인줄은
어떻게 알았을까

한 오리 날 빛으로
보듬는 언덕위에
청 일색 아가들의
즐거운 햇살놀이

하늘땅 오가는 정이
꽃향보다 진하구나

겨울나무

바람에 띄워보는
아름다운 추억처럼
그렇게 자약하게
날려 보낸 단벌옷은
지금쯤
누구의 추위
달래주고 있겠지

잡념은 다 버리고
굳어진 조각처럼
홀로의 묵상 속에
알몸으로 서있는 건
추태를
부리고 싶은
너절함이 아닐 게다

파아란 꿈 하나

한 오리 실바람에
서리꽃 지는 소리

파릇한 애기 잔디
새 얼굴 보이는데

내 머리
해묵은 서리는
왜 아니 녹는가

덧없는 연륜 속에
색 바랜 머리카락

세월이 하는 짓을
매정타 할 것 없이

잔디 빛
파란 꿈 하나
키워 삶이 어떠리

꽃 비

흘러간 젊은 날의
못 잊을 꽃 향처럼
창살에 드리우는
새벽녘의 속삭임

저 높은
천궁의 대문
어떻게 열었을까

내리는 꽃비 속에
촉촉한 가슴속에
파아란 추억들이
뒹구는 금잔디 밭

어여쁜
사랑 만들기
그때가 감미롭다

봄맞이

누구의 예쁜 손이
속살을 헤치는가

연록의 여린 마음
머리 드는 풀꽃아기

땅 문이
열리는 소리
가까이 들려온다

산자락 지르밟아
날리는 남빛 치마
가슴이 울렁울렁
피어나는 영춘화

큰애기
자주고름에
꽃물이 들었구나

정다운 메아리

삿갓 쓴 농가들이
이마를 마주하고
오는 정 가는 정
곱게도 키워왔지

초야에
묻혀 살아도
다림질한 마음씨

탁주 독 헤쳐 놓고
천만시름 덜어가며
여름밤 멍석위에
펼쳐 보인 한마당 꿈

동구 밖
솔바람처럼
싱그럽게 푸르렀지

세월은 야박해도

핏줄만은 끈끈해
가슴 벽 울려주는
정다운 메아리

그 밤에
목이 쉬도록
함께 부른 '아리랑'

개울물소리

산향을 두루 밟아
사귀는 개울물소리
흐르는 기인 사연
조약돌로 깔아놓고

말쑥한 노래 만들기
지칠 줄 몰라라

고달픈 나그네의
발목을 당겨놓고
구겨진 마음자락
깃 바르게 여며주며

티 없는 미소 하나로
사는 일을 당부하네

얼음 강

소리쳐 불러 봐도
대답 없는 얼음 강
한겨울 갈라터진
살가죽이 아프렷다
저 홀로 몸부림치며
말 못하는 안타까움

타는 목 겻불내를
뉘라서 알 리오만
해묵은 재가 쌓여
숨 막히는 이 가슴
동구 밖 땅나무처럼
구새통이 되려는가

냉전의 계절 끝에
포박된 흰 뱀인 양
화사한 봄 언덕
기다리는 탈피 꿈
살아서 뛰는 맥박이
얼음 밑에 들린다

진달래. 2

꽃새암 바람 길에
옷섶을 여며가며
산자락 부여잡고
피워 올린 꽃불화로

한겨울
얼어든 가슴
녹여주는 그 사랑

앵돌아 떠나가는
매정한 임이래도
가다가 고개 돌려
한번쯤 다시 보면

눈확에
고이는 이슬
어쩔 수 없으리

3월의 종소리

연록의 나이테를
책가방에 새겨 넣고
3월의 실바람에
머리 드는 잔디같이
새 학기
봄 뜨락으로
달려온 아이들아

별 같은 눈동자에
비껴오는 푸른 하늘
그 하늘 날아예는
고운 날개 키우사고
따르릉
3월 교정에
종소리 울린다야

빨래터

앞 냇가
빨래터에
돌 북치는 방치소리
부서진
해 구슬이
물비늘로 반짝이고
부푸는
하얀 구름이
물 하늘에 동동 떴다

땀 배인
세상살이
청풍으로 달래는 손
뙤약볕에
펼쳐놓은
가뿐한 감각들이
금잔디
파아란 꿈을
꽃향으로 안아본다

생명의 길

푸른 잎이 돋았네
붉은 꽃이 피었네
꽃과 잎이 어울려
아름답게 살았네
살다가 찾아간 곳이
다름 아닌 흙이었네

잎도 흙이었네
꽃도 흙이었네
흙과 흙이 만날 줄
누구도 몰랐네
흙만이 입을 다물고
모르는 척 했었네

아빠도 흙이었네
엄마도 흙이었네
흙에서 와서
흙으로 돌아가네
달리는 어쩔 수 없는

생명의 길이었네

나도 흙이라네
너도 흙이라네
지금은 사람이지만
원래는 흙이었다네
흙이란 흙을 떠나서
살 수가 없는 거라네

가을하늘 한 자락

하늘 중 높은 하늘
하늘 중 푸른 하늘
사는 일 마음가짐
비춰보는 맑은 거울

새하얀
구름수건이
닦아놓은 청보석

한 자락 가을하늘
가슴 벽에 걸어두면
해 뜨고 달이 뜨고
별 또한 총총해

고운 꿈
살찌워가는
청심이 머리 든다

부활의 노래

묵은데 뚜져 넣은
개암동 참깨 밭에
실바람도 한 오리
보슬비도 한 종지
달큰한 노래가 되어
오고가고 하더니
만년의 침묵으로
내세를 약속하는
뿌리로 키운 이름
하얗게 눈을 떠서
식탁에 기름 도는 꿈
떡잎으로 일어서서
잎새 끝 스미는
햇살의 미소에
기슭을 번져가는
녹색 그라프
생명은
아픈 몸짓으로
빈 들을 채운다

귀뚜라미

이 가을
쪽대문 열리는 소리일까
툇마루 장독대에
귀뚜라미 우는 소리

내 가슴
스치는 바람에도
단풍향이 어렸구나

가느다란 손끝으로
튕기는 가락처럼
애잔한 이 마음도
귀뚤귀뚤 귀뚜리

둥근달
한가위 빛에
젖어드는 가을밤

가을산행

하늘이 높아지어
물소리 차가옵고
낙엽이 흩날리어
옷자락 서늘해라

더위에
구겨진 마음
바로잡는 산행 길

솔봉에 올라서서
만져보는 하늘가슴
평화로운 숨결이
손끝에 맞혀온다

비취색
감흥에 젖어
취하는 이 순간

구절초

구시월 밤하늘에
은하수 넘쳐나면

이 땅엔 사연 많은
꽃향이 서려온다

가을도
들녘 한가득
구설초가 피는 계절

소슬바람 찬 서리를
한사코 기다리는

숨겨진 그 이야기
뉘라서 알 리오만

날리는
연보라 빛 미소는
티 없이 담담하다

겨울이 끝난 자리

만상이
고요한
텅……빈 들녘에서
보슬비는
그 누구의
가슴을 적시는가

억만의
순결한 넋이
부활을 꿈꾸는 새벽

결빙의
드라마는
종내 막을 내리우고
해동의
밝은 창문은
활짝 열리고

생명의

거센 흐름에
터지는 저 봇둑

2. 억새밭

꿈 새

까아만 안개 속에
늘이는 고기그물

살찐 꿈에 올이보고
여윈 꿈에 웃어보면

생명의 휴지통마다
넘쳐나는 드라마

남향집 살창 가에
나팔꽃 피어날 적

자홍빛 크레용이
색칠하는 새벽그림

고달픈 꿈 새의 깃을
빨갛게 물들이네

한생의 필묵으로

타향에 누운 몸이
이 밤도 당겨보는
산 너머 구름 너머
고향집 방문 고리
학발의 우리 어머니
귀체만강 하오신지

날개를 퍼덕이며
슬하를 떠난 이 몸
달빛에 웃는 박꽃
시주에 새겨놓고
기우는 삼테성아래
불러보는 사모곡

한생의 필묵으로
방석 하나 곱게 틀어
황경목 장롱 안에
고이고이 넣었다가
어머님 뵈옵는 날에
펼치어 드리오리

나선무늬

뜨는 해
지는 달이
동산에 오락가락
창생의 순환곡이
출렁이는 파도소리

세월도
바다를 향해
감도는 물결인가

혼돈에
취해보고
몽환에 살쪄보는
달팽이
껍데기에
새겨진 나선무늬
숨 가쁜
인생 연륜도
저 모양 될 것이야

짧아도 부끄럼 없이

화중왕 모란꽃도
피고 지고 한철인데
이팔이 푸르다고
백년을 여의할까

세월은
소털 같아도
광음은 무정커니

청바위 몸가짐에
나리꽃 마음으로
산이든 벌방이든
향기 풍겨 웃었다면

짧아도
부끄럼 없이
예뻤다 하리라

동해일출

그 누가 지핀 불에
가마가 끓는 거냐

빨갛게 익어가는
망망한 수평천리

물나라
수정대궐이
불속에 잠겼구나

화염이 충천하여
구름마저 태우더니

용왕님 입안에서
솟아오른 주홍보석

좋구나
동해일출에
밝아오는 개명천지

미워라

사람이 먼저 나고 그다음 돈이련만
황금 흑심에 세상이 어지럽네

미워라
금전 앞에서
얼이 빠진 그 사람

술상을 두드리며 매화타령 부르다가
해정에 반근이요 돌아앉아 한 근 하니

미워라
술독에 빠져
곤죽이 된 그 사람

횡재를 노리다가 밑천마저 털리고
봉창을 꿈꾸다가 빚더미에 깔렸네

미워라
투전마당에
쓰러진 그 사람

아픈 미련

어질고 참한 것에
새겨놓은 아픈 미련
금전과 양심사이
곤혹 쌓인 가슴앓이

외홀로
몸부림치는
괴로운 계절이다

달이야 있고 없고
먼 하늘 주름잡아
오리온 찾아가는
별 새가 되고 싶다

어차피
꿈이 없이는
못사는 세상살이

땅

이 땅을 일구느라
뿌린 땀 얼마이고
이 땅을 지키느라
흘린 피는 얼마인데
어쩌다
우리 손에서
소외를 당하는가

늘어난 묵밭 속
키 낮은 마을들이
내일을 근심하여
밤잠을 설쳐간다
농사가
천하지대본이란
때 지난 말이던가

아서라, 말어라
이러지를 말어라
대천이 좋다 해도

내 집만 못하더라
묻노니
땅 떠나 잘된 농사꾼
몇이나 되는고?

친 구

어쩌다 만나면
왜 그리 반가운지
두 손 마주잡고
흔드는 게 모자라서
두 몸이 마구 엉키어
뒹굴고 싶어라

만나면 반가웁고
헤어지면 서운한
얼굴이 보고 싶고
목소리 듣고 싶은
그래서
마음에 두고
자꾸만 불러보는

친구란
이다지도 끔찍한 이름인가
속담에 친구 따라
강남 간다 하더니

살면서 생각해보니
과연 그러한 것을

빗속에서

—시우 철준 형을 그리며

마음이 찢어지면
비 되어 내리는가
후미진 목릉하늘
한자리가 질펀하게

외로운
시인의 혼을
눈물로 부르는가

구수한 토장 내음
강물에 띄워놓고
걸걸한 웃음마저
한줌 재로 재워놓고

찢어진
마음 벽으로
흐르는 물인 것을

소쩍새 우는 밤

물먹은 마음자락
비틀어 짜보면
어스름 달빛아래
찬이슬로 드리우는
못나게 기나긴 설움
어느 시절 노래인가

동구 밖 언덕길은
산 너머로 뻗었는데
소쩍새 한 마리
아프게 우는 밤은
시골의 쓰라린 가슴
건드리는 시간인가

구름밭 헤엄치는
달 모습 기특하고
올롱한 별 눈들의
반짝임이 부러웁다
꿈 마당 밝히는 한 빛
누가 키워줄 것인가

인생길

1

비바람 모진 고개
시련의 머언 여정
아무런 기약 없이
이 세상 태어나서
어차피
넘어야 하는
꿈 많은 열두 고개

2

더불어 사는 삶에
혼자서 가는 게다

남이 대신하여 살아줄 수 없는 인생……
인생은 홀로 서기이고
인생은 홀로 걷기이다
세상에 길이 많아도 나의 길은 하나밖에 없다

길은 하늘에도 있고 땅에도 있고 바다에도 있다
게으름과 나약함의 발밑에는 길이 없지만
근면함과 견정함의 발밑에는 길이 있기 마련이다

삶이란 이런 것이요
길도 이런 것이다

3

원래는 없던 것이
다니어 길이 된다
가시밭 진창길에
피 스민 발자국
그 발이
지나간 곳에
새 길이 트이더라

선경대

솔바람
타고 올라
선경대*를 바라보니

청태 낀
옛말들이
봉이마다 걸려있고

청빈이
비낀 절벽아래
합장한 불상 하나

판룡에 궁룡이요
팔괘에 삼불*이라
실안개 감도는
돌층계 굽이마다
신선이
노닐던 자리
상기 따스해라

한나절
장기판에
몇 해가 흘렀던고

삼궁은
간 곳 없고
칠봉만 남았는데

감로천
팔각우물에
우리 하늘 푸르구나

* 선경대는 화룡에 있는 명승지.
* 선경대에 있는 기이한 소나무.

청산의 뜻

청산의 뜻을 안고
바위처럼 살려는데

산기슭 감도는 물
깨끗지 아니하여

마음 밭
어지럽힐까
저으기 근심이다

부귀를 자랑하며
요란한 이 세월

청빈의 마음가짐
웃음거리 되겠지만

그래도
버리기 아까워
새겨두는 이 가슴

갈대의 순정

물소리
바람소리
노래처럼 들으며

고독과
쓸쓸함의
빈 가슴 달래였소

잎새를 적시는 비가
설움 같던 그날도

아픔을
삼키면서
지켜낸 아집으로

숫저운
몸짓위에
나부끼는 꽃 머리

하얗게 굽이쳐오는
갈대의 순정이여

허무의 그림자

보일 듯 아니 보이는
들녘의 꽃 아기들
잡고 놀던 무지개도
구름 밖에 걸려있고
바람만 빈 소리 가득
배부른 시간이다

봄 내음 싱그럽던
외태머리 양태머리
꽃 배암처럼 하루아침
사라진 그 자리
지금쯤 저 산 마을엔
가시내가 가물 테지

허무의 그림자를
껍질처럼 남겨놓고
가로등 밝은 곳에
날아든 불나방들
고향의 속 시린 가슴
덥혀줄 수 있을까

억새밭

허무의 그림자가
무거운 시간이면
친구를 찾아가 듯
둑둑 길에 올라서서
바람에 술렁거리는
억새밭을 마주하자

신념의 깃발 같은
은빛 머리 추켜들고
하아얀 목소리로
노래 한 수 불러주리
고독을 이기는 것도
살아가는 재미라고

서리 찬 한겨울을
성에꽃과 동무해도
희망은 언제나
봄 뜨락에 푸르거니
가슴에 작은 씨 한 알
싹틔울 수 있으리

기아년

세월이 부황 들어
굶주림이 밥이었다

탈곡장 북데기를
열두 번 날렸으나
죽물에 비낀 달빛은
차갑기만 하더라

콩깍지 망에 갈아
대식품 만들더니
할머니 변비증에
대저가락 부러지고
엄마의 까만 머리에
내려앉은 흰서리

그 세월 흘러가고
수십 년이 지났어도
겨떡 내 향기롭던
이 빠진 질화로엔

가난이 죄가 되었던
역사가 남아있다

도심의 강

투명한 노래 불러
마른 가슴 달래주며
만년을 하루같이
말쑥하게 살려더니
지금은
얼굴빛마저
거멓게 찌든 강

영화를 추구하는
현대인의 배설물을
억지로 뒤집어쓴
억울한 사연이여
아파라
그 모진 치욕
감내하는 목소리

순수를 괴롭히고
인명이 안녕할까
정조를 짓밟힌

자연의 분노를
우습게
내려다보는
무리들이 한스럽다

합수목

이 골물 저 골물
서로 낯이 설어도
한 핏줄 타고난 줄
뉘라서 모르랴

손잡아 스스럼없이
마주치는 눈빛이여

심산 속 헤쳐 나온
천만리 머나먼 길
그 많은 외로움을
물어선 무엇 하리

이렇게 살을 섞으면
한 몸이 되는 것을

한마당 여울소리
날리는 하얀 갈기
만남의 희열인줄

청산도 알 것이야

높으신 하늘마음이
바로 이러하거늘

매 미

초록빛 다락집에
노래방 꾸려놓고
팔자가 늘어지게
호강을 하더니만

그늘 밑
신선놀음에
썩어버린
도끼자루

한물 지난 옷섶으로
스며드는 허기바람
개미네 동네 찾아
밥 동냥 가는 길은

사치한
꿈 낟가리에
죽은 달이
떠오른다

바 람

누구의 이맛전을
스쳐오는 입술인가

여우란 놈 눈물 짜는 춘삼월 꽃샘바람
파란 들 남쪽에서 불어오는 고운 바람
솔밭머리 감돌아 싱그러운 청솔바람
산들산들 마파람 건들건들 갈바람
비릿한 갯바람에 풍기는 바다 내음
때로는 정신없이 휘몰아치는 회오리
실바람 황소바람 저마다 길이 있어
창호지 부여잡고 우는 바람 하늬바람
소소리 골바람에 박딜이 뛰는 소리
바람 새 앉은 곳에 피어나는 바람꽃
높새바람 이는 밤 잠 못 드는 나그네

오늘도 바람이 불어
세상이 흔들린다

글 농군

붓 초리 보습 날로
뚜져 보는 세상살이
돌아눕는 흙밥 속에
슴배인 희로애락
끝없는
욕망의 물결
글밭을 감돈다

한생의 글 농사로
무엇을 바라는가

오염과 소음의 골짜기에서 소중하고 찬란한 한 뙈
기 공간을 부여잡고
인생의 또 한 고개를 설계하는 눈물과 웃음의 예
술이다
고독과 번뇌의 사이 길에서 별처럼 반짝이는 한
점 불빛을 바라보며
생존의 참뜻 하나 깨우치는 형상과 사유의 학문이다

그만큼
정화된 영혼은
깨끗한 것이리

헐렁한 옷가지로
야윈 몸 가리우고
넉넉한 마음으로
글 사래를 가꾼다면
스스로
행복한 미소
지을 수도 있으려니

몰랐어요

옹달샘 마주앉아
외태머리 땋을 적에
밭 매던 앞집 오빠
휘파람 부는 뜻을

바람은 알았다 해도
난 정말 몰랐어요

물동이 이고 사뿐
돌다리 건널 적에
꼴망태 지고 성큼
뒤따라오는 뜻을

냇물은 알았다 해도
난 정말 몰랐어요

이쁜아, 불러놓고
안겨주던 산딸기가
요 내 마음 물들이는

빠알간 물감인줄

노을은 알았다 해도
난 정말 몰랐어요

애모쁜 요 내 심사

애모쁜 요 내 심사
치마폭에 고이 담아
대보름 둥근달로
몽실몽실 키웠다가
임 다녀오시는 길에
비추어드려야지

눈썹이 반달이면
그대로 도려내어
은하수 푸른 물에
쪽배로 띄워놓고
칠석날 기다림 없이
가며오며 하련만

백일홍 분홍빛을
손톱에 물들이고
손가락 깍지 걸던
동구 밖을 바라보며
저 홀로 볼우물 파는
폭포머리 아가씨

청산녹수

청산이 저기 있어
네 뜻이 푸르르고
녹수가 여기 있어
내 맘도 푸르나니

너와 나
청산녹수로
살아봄이 어떨꼬?

침묵한 빈음으로
반기고 바래줄 제

흐르는 저 물결도
감돌아 다시 한번

못 잊어
남기는 정에
여울소리 높아라

임 생각

이 밤도 기러기는
끼룩끼룩 떠나는데
인삼장 우리임은
어느 날자 오시려나

외홀로
추야공방에
잠 못 드는 분홍치마

마가을 소슬바람
사립문 삐걱 소리
창문에 비낀 달빛
귀밑머리 쓰다듬어

가마목
설치는 잠이
새벽에 닿는구려

달밤에

한백옥 고운 빛을
버리기 아쉬워라

살며시 창문 열고
두 손으로 받쳐 드니

자꾸만 삼삼거리는
비단 짜는 아가씨

나도야 지 반달로
은장도 벼려들고

은하수 여울물에
푸른 서슬 세웠다가

구시월 황금 산으로
달려갈까 하노라

어머니

어여쁜 마음 하나
기발처럼 나부낀다

섬약한 여자 몸이
비바람 헤친 고개

흘러간 홍안의 노래
누굴 위해 바쳤던가

묵은 밥 한 숟가락
구멍 뚫린 옷가지도

옛말로 살으시는
칠십 고령 어머니

볼수록 목 메어오는
황혼의 빛깔이다

아버님

긴긴 밤 담뱃불에
콜록콜록 잦은 기침

안방에 잠이 없는
하얀 재티 앉아있다

허전한 삶의 여정을
태우시는 아버님

늘그막 잔정으로
지난날을 뚜져가며

고달픈 인생살이
쓰다듬어 보시는가

가까이 홰치는 닭이
새벽을 부르는데

코 신

세월을
마주서서
콧날 세운
오돌참이

치마폭
여며 쥐고
용케도
달려왔소

동트는
새벽나루에
하아얀
쪽배 한 쌍

누나꽈리

탐스레 익은 얼굴
병풍 뒤에 감춰놓고

불타는 고운 살빛
물들인 알심으로

타는 듯
빠알간 미소
누구를 기다리나

영 너머 너울 쓰고
시집간 우리 누나

치마폭 감싸 쥐고
징검다리 건너오면

까드득
달 솟는 밤에
들려오는 웃음소리

병풍화

청풍에 실려 오는
새들의 고운 날개

감도는 맑은 물이
튕겨주는 여울소리

도화꽃 피는 저 숲에
누구랑 살았을까

구름도 가던 걸음
아미 숙여 멈추었다

꽃마저 고운 웃음
망울 채 남기었다

한 백년 살아보자고
깍지건 언덕위에

송학도

만고의 풍상어린
비늘갑옷 떨쳐입고

대 바른 믿음으로
펼쳐든 푸른 기상

세속의
온갖 사치에
물젖음이 없어라

달 솟는 가지 새로
날리는 흰옷자락

사랑 밭 가꿔가는
목이 긴 족속이라

솔 내음
아끼는 마음
천만년 젊어 살리

색동 연

칠색 단 한 폭 끊어
색동 연을 만들어
거치매 하나 없는
저 하늘에 띄우면
파아란 실바람 타고
구름 밖을 날으리

날으리 구름 밖을
삼삼한 추억 속에
두고 온 나의 고향
산과 물 굽어보며
그리운 송아지동무
찾을 수도 있으리

있으리 찾을 수도
흘러간 소꿉시절
꿈 많은 동화편이
얼레에 감겨올 때
아롱진 칠색무지개
가슴속에 살으리

해당화

갈매기 하얀 깃이
너울 치는 백사장

연정의 깊은 사연
꽃망울로 새겨놓고

기다려
조이는 가슴
노을빛으로 물들었소

파도길 험한 길
떠나가신 그 사람은

언제쯤 오시려나
날리는 초록치마

애모쁜
순정의 등불
타오르는 한가슴

당신 없는 겨울밤

몇 번쯤 울었을까
바람 끝 풍경소리
덧없는 사념(思念)으로
깊어가는 이 밤
나 홀로 무슨 노래로
달랠 수 있으랴

달빛도 싸늘해라
별빛도 시리어라
두고 간 따슨 숨결
떠올리는 꿈자리
이 시각 나의 철새는
강남에서 살으리

나도야 갈까 보다
구름 타고 갈까 보다
겨울 강 얼음지쳐
훨훨 날아갈까 보다
고독이 비낀 창문에
피어나는 성에꽃

겨울 꽃

눈이 내립니다
살이 찌게 내립니다
어머니 빨아놓은
떡가루 같습니다
고향집 배나무에도
겨울 꽃은 곱겠지요
하늘이 땅으로
내려오는 날입니다
하얗게 하얗게
안기는 날입니다
사랑도 이런 날에는
하얀 너울 쓰겠지요

새 날

혼돈을
깨치던 날
천지개벽 그 빛이다
하늘은 높들리고
땅은 내려앉고
사이로
불새 한 마리
고운 울음 터쳤으리

날 빛으로
쓰다듬는
어스름 산머리에
눈을 뜬 솔바람이
자드락길 넘어서면
덕위에
홰치는 장닭
소리도 맑지어라

단 한번

당신이 가뭄 속에
갈라 터진 땅일 적에
내 잠간 단비 되어
그대 몸에 닿는다면
단 한번
그대를 위해
날 버릴 수 있다면
당신의 터진 가슴
내 살처럼 아파하며
살며시 스며드는
약이 될 수 있다면
단 한번
그대를 위해
날 바칠 수 있다면
허탈의 그 순간을
찾아가는 혼불처럼
당신의 눈동자를
밝히는 빛이 되어
더불어

사는 이 세상
함께 할 수 있을 것을

할미꽃

번지수 없는 동네
잔디밭을 찾으시는
봄이면 살아오는
할머니의 혼백인가

산 너머
할미새 울음같이
서글픈 꽃이여

휘어든 굽은 허리
지팡이도 아니 짚고
찬비람 마주서서
나부끼는 흰머리

청명날
내리는 비에
눈앞이 흐려온다

산수도(山水圖)

앞에는 시냇물
뒤에는 높은 산
배꽃 피는 언덕에
펼쳐진 봄 잔치

꿀벌이
붕붕거리는
소리가 들려오고

하늘과 가까운
저기 저 산기슭에
당실하게 지어놓은
아담한 초가삼간

방울새
노랫가락이
툇마루를 굴러간다

미인송

여기 장백의 높은 영
코신발로 지르밟아

산발 따라 줄기줄기
설레이는 한가슴

오늘은
장고춤이나
한마당 추려는가

굿거리에 만장단
휘모리에 잦은 가락

어느 것 하나인들
손에 익지 않았으랴

장고 채
휘두르는 듯
두 팔 벌린 미인송

3. 청자의 꿈

상경 용천부

흥륭사 석등 탑은
식어서 싸늘하고
오봉루 풍경소리
굳잠에 묻혔는데

무너진
10리 성곽에
천년이끼 푸르고나

파헤친 궁전기초
무늬 돋친 기와조각
한때의 해동성국
이름만 남았으니

영욕의

흙 속에 묻힌
2백년 위풍일세

일국의 도읍이라
고색은 창연한데
청태 속 옛날자취
뉘하고 물어보랴

그립다
팔보유리정
물 긷던 아가씨야

가야금소리

가야의 처마 밑에
달빛이 내리는데
아득히 들려오는
가야금 뜯는 소리
향수에
젖은 나그네
잠만 가득 설치네

둥기당 한가락에
안겨보는 배나무 골
둥기당 두 가락에
돌아가는 물레방아
어머니
살던 고향은
흘러간 노래일세

애끓는 열두 줄은
열두 굽이 사랑인데
은하수 물결위에

눈물어린 흰옷자락
강물아
너는 왜 말없이
흐르기만 하느냐

상봉의 눈물

슬퍼도 눈물이요
기뻐도 눈물이요
살아서 만났으니
한번 원은 풀었지만
목메어 줄 끊는 눈물
달랠 길이 없구려

이별도 눈물이요
상봉도 눈물이요
세월은 유수라서
무심 태평하겠지만
혈육의 아픈 정이야
무심할 수 없구려

새하얀 소망이요
쓰거운 술잔이요
달랠 수 없더라도
달래며 살아야지
오십년 그립던 사연
쓰리기만 하구려

향 수

정이 든 타향 땅에
한줌 흙은 있지만도
가실 길 바이없는
한스러운 옛이야기
어쩌다
해동겨레는 한집에 못 사나

뫼 너머 남향받이
파아란 언덕에는
반만년 무궁화 빛
상기도 예쁘련만
비운의
가야금소리 사무치는 한가슴

몽중에 오고가는
꽃 대궐 차린 동네
보고픈 얼굴이요
듣고픈 그 목소리
부럽다
영 넘어가는 하얀 구름 한 송이

당 부

살아서 가보리라
석삼년 외우다가
못 이룬 소원 하나
아픔만 키우더니

북망산
한줌 흙으로
보태진 그 이름

산소에 꿇어앉아
석잔 술 부어놓고
아버지…… 하고
목메어 불러보니

뼈라도
옮겨달라던
그 목소리 들리는 듯

백두산. 1

천년을 솟았으리
만년을 솟았으리
천지물 맑은 물에
미역 감고 솟았으리

다시금
우러러보는
조종의 산 백두산

숭엄히 높이 솟아
날리는 흰옷자락
그 누가 추켜세운
하아얀 깃발이냐

불사의
넋으로 빛날
조종의 산 백두산

형제로 태어나서

한 넝쿨에 맺힌 열매
형제임이 분명한데
장벽을 쌓아놓고
오가지 못하다니
한 깊은 분단강산의
가슴 아픈 반세기

동기로 태어나서
남야 북야 헤어지매
생사를 알바 없이
남남으로 사노라면
구천에 계신 어버이
어찌 눈 감으리오

평화로 집을 짓고
통일로 길을 내고
만중이 합심하여
대하로 굽이치면
해동의 태평연월이
이루어질까 하노라

할배의 얼

풍운에 잠긴 몸
만년을 드팀없이
얼룩진 세월 속을
새하얗게 솟아올라
천하를 굽어보는 건
그 뉘의 뜻이던가

단군의 이름으로
날리는 흰옷자락
부서져도 하얗게
한 곬으로 굽이칠 때
떼 지어 마중 나오는
물나라 흰 갈매기

할배의 얼로 사는
생생한 뼈와 살이
끝없는 물이랑에
심어놓은 소망들이
바닷가 백사장마다
은빛으로 반짝이네

끊어진 다리

강 건너 하얀 집에
그리운 사람 있어
끊어진 다리위로
바람이 흘러간다
이슬에 젖은 옷자락
펄럭이며 흘러간다
눈비의 애무 속에
풍화된 세월들이
설움의 달빛아래
아픔을 삼키는데
부서진 꿈 조각들이
소리치는 저 강물
믿음과 사랑으로
쇠기둥 박아 넣고
천만년 썩지 않는
다리를 놓는다면
오가는 세상얼굴에
노을이 비낄 것을

청자의 꿈

파아란 하늘가에
송이구름 살아있고

소나무 푸른 가지
백학이 날아들어

살포시 안아 보고픈
어여쁜 빛깔일세
흙으로 빚었건만
옥으로 빛나는 건

다듬은 천년 꿈에
애틋한 소망이라

옛사람 모두 갔어도
뜻만은 남겼구려

백두연봉

오르며 바라보는
열여섯 봉이 마다

반만년 풍운설우
서리서리 엉켰으니

만고의
저 푸른 하늘
받들 만도 하여라

웃어도 하아얗게
울어도 하아얗게

단군님 하얀 넋을
뼈마디에 새겨 넣어

칠천만
배달가슴에
숨결 높은 백두봉

믿음 하나

백두산 우러르는
드팀없는 믿음 하나

참한 흙 어진 물을
고이고이 지킨다면

한겨레 삶의 영위도
해달처럼 빛나리

두만강 푸른 물에
마음 빨래 곱게 하고

바른 말 고운 글로
밝은 세상 키운다면

하늘도 경탄의 눈물
걷잡지 못하리

여울소리

물 피리
소리 가득
사무치는
그리움에

흩어진
고운 이름
목메이
부르는가

정한의
두만강천리
여울소리
높아라

분계선

가다가 더 못가고
멍하니 바라본다
막히어 갈 수 없는
헛짓인줄 알면서도

스스로
무슨 정신에
예까지 왔을까

왁새풀 술렁임에
서글픈 이름이여
끊어진 다리 밑을
흘러가는 아픔이여

미칠 듯
철조망 잡고
소리쳐 울고 싶다

망향봉

미사의
가락으로
달랠 수 없는 정한

조상 때 남긴 유산
청태 돋은 이 설움이
망향봉 높은 언덕에
이슬비로 젖는다

기다려 옹이 박힌
희미한 눈동자에
그래도 어제처럼
그려보는 하얀 동정

이런 날
저문 들녘엔
바람마저 무겁다

옛말이 묻힌 땅

발해국 옛 성 둘레
한 스민 벌판에서
씨 뿌려 기음 매는
흰옷 입은 사람들아

올해도
땀 수레 몰고
얼마나 가려느냐

옛말이 묻힌 땅
정으로 살찌우는
초야의 내 족속
두 팔 벌려 안아보면

오봉루
풍경소리도
눈물같이 뜨겁다

강산아

고조선 산과 물에
스쳐 지난 흥망성쇠
동해의 출렁임에
흘러간 5천년 역사
강산아
너를 다투어
눈물도 많았구나

아끼는 나라목숨
원하는 태평성대
될 듯이 아니 되는
안타까운 몸부림
강산아
너를 위해
흘린 피 적었던가

바라는 고운 삶이
손 젖는 언덕위에
상기도 들려오는

사향의 피리소리
강산아
너와 더불어
이 가슴 찢어질라

나라도 하나이고
민족도 하나이다
백두산 한라산이
얼싸 안을 그날 위해
강산아
한 몸이 되어
일떠서야 하리라

혈 광

―안중근 의사를 추모하여

A

이또 각하께선
어떻게 죽었을까
할빈을 찾아가면
송화강이 알려주리

한줄기
정의의 혈광
그 가슴 뚫었다고

B

구국의 제단위에
혈광을 뿌린 사람

혈광은 나라 혼이요 혈광은 민족 얼이다
그 무자비에 사악은 쓰러지고

그 순수함에 정의가 살아난다
용암이 흘러도 그보다 뜨겁지 못할 것이요
황금이 쏟아져도 그보다 빛나지 못할 것이다

그것은
죽음이 아니다
영생의 삶이다

C

혈광은 뿌리 깊은
코리안의 가슴속에
애국과 애족으로
높뛰는 심장이다

그 심장
아니고서야
우리 어찌 머리 들랴

백두산. 2

천심의 뜻을 지닌
백산으로 솟아올라
뿌리 깊은 줄기줄기
삼천리에 뻗었으니

반만년
배달족속의
기둥 뼈가 네로구나

칠성별 우러르며
드리는 정화수
천지 샘 맑은 물에
비껴 내린 흰옷자락

칠천만
가슴 가슴에
하얀 얼로 나부끼네

발해 고성

옛날
발해왕이
울바자 세운 자리

성은 허물어져
티끌로 날려가고
유적지 하얀 패쪽이
오늘을 지켜본다

봄가을 몰아치는
북녘의 비바람에
토담은 씻기어도
씨앗만은 품었던가

그날의
백대후손 같은
방초만 푸르러라

꿈이던가 생시던가

흘러간 흥망사화
옛 숨결 찾아보는
회포 끓는 한가슴이
낮아진 황성옛터에
애수로 들먹인다

우리 하늘

어느 도장공의
빼어난 솜씨일까
청자 빛 비단 폭에
백자 빛 구름송이

순수의
거울로 비낀
우리네 하늘아

아슬하니
높고도 푸르게 들리자고
긴 여름
빗줄기는 그렇게도 길었나봐
마침내
청고에 이른
말쑥한 몸가짐

백두 옥좌

엄엄하신 시조어른
단군님의 옥좌로다

망망한 천리 임해
발밑에 굽어보며
날리는
고고한 기품
뉘라서 꺾을 손가

성스리운 하늘 못에
일월성신 새겨놓고
십육 봉 병풍으로
둘러 친 백두 옥좌
만고의
하얀 숨결이
상금도 따스해라

성산 백두

운해를 딛고서서
속세를 지켜보는
대황신 수염발이
은 폭포로 드리우고

비껴든
장검 세 자루
서슬이 푸르다

소매 긴 한삼자락
너울 치는 뫼 등마다
만병초 무늬 돋친
선인의 정토로다

백두 새
우짖는 소리
바람 끝에 있어라

달맞이 춤

돌아라 돌아
손에 손 잡고
하늘과 땅과 바다
다 도는 한세상을

대보름
달 쟁반처럼
둥글게 돌아라

갑사댕기 행주치마
물결치는 한마당에
깍지 낀 손과 손이
이어지는 하나 핏줄

억겁을
가슴 설레일
달맞이 춤이로다

천 지

지심을 달구어
뽑아 올린 물줄기
청룡은 꼬리 치며
구름을 헤가르고
백호는 천길 벼랑에
발톱을 걸었구나

신단수 푸른 잎에
맺혔던 이슬일까
순수가 고였기로
다가서기 저어해라
태고의 맑은 정기가
빛을 뿜는 하늘 못

열여섯 봉우리에
가야금줄 걸어놓고
미인송 아가씨와
춤이라도 춰야겠다
천하의 제일명호에
우리 얼 비꼈으니

동이 트기 전에

동이 트기 전에
진정을 털어놓자

세월도 지쳐버린
자정 너머로
새날이 오기까지는
그처럼 가까운데

아직도 무엇을
자꾸만 헐뜯는가

내일이 오기 전에
믿음을 심어놓고
서로의 시린 가슴을
울기라도 해야지

새벽의 고요 속에
방울지는 이슬처럼

부끄럽지 않은
정화된 몸짓으로
더불어 사는 이 세상
함께 가야지

강 하나 사이 두고

시월의 산수화가
시야에 가까웁다

낯이 선 이웃동네
먼 눈으로 바라본다

옅은 강
건널 수 없어
바위 되는 이 마음

강 하나 사이 두고
바장이는 이 마음

정한의 여울목마다
물소리만 높아라

무정한
세월 바람에
펄럭이는 옷자락

북위 38도선

억수의 빗줄기도
씻어가지 못한 치욕

끊어진 네루장이
벌겋게 울고 있는
여기는 북위 38도선
산그늘이 어둡다

꿈이 다른 대문밖에
원성을 걸어놓고
한 세기가 저물도록
풀지 못한 옥매듭

철조망 가까이 하면
해와 달도 어둡다

칼 춤

허상으로 무너지는 춤사위가 아니어라
흘러간 해와 달이 물려준 혼이어라

한 스민
고개고개에
번쩍이는 서슬이어라

용력과 무예가
한마당 어울리면
부딪치는 쇳소리
휙……휙 바람소리
광야에 회오리치는
그날의 거센 숨결

매무새에 곁들인 구슬 꿰임이 아니어라
애향의 끓는 피로 다듬은 광(光)이여라

세월의
갈피갈피에
새겨진 호성(呼聲)이여라

4. 풍운의 눈물자국

고조선

천지의
조화로다
묘향산 절승경개

단군의
뜻이 어린
천오백년 고조선아

해뜨는
아침의 나라
금수강산 삼천리

고구려

산과 물
주름잡아
한 줄에 꿰었으니

압록강
굽이굽이
고구려의 넋이 비껴

주몽의
말발굽소리에
초목이 쓰러졌다

신 라

수닭이
홰를 치니
서라벌 계림이요

계림을
보자 하니
신라의 옛 숲일세

멀도다
흘러간 세월
까마득한 그 자취

백 제

동으로
솟은 산에
남으로 누운 벌에

·푸르니
초목이요
누르나니 오곡이요

보일 손
백제의 기틀
한양이 예로구나

가락국

수로왕
여섯 형제
육가야 세우더니

낙동강
푸른 물에
흘러간 흥망성쇠

흙 속에
묻힌 이야기
어데 가서 찾으랴

통일신라

세 집이
싸우더니
두 집이 망했구려

신라의
오랜 숙원
삼국통일 이뤘으니

칠백년
주몽의 대업
하루아침 이슬일세

후삼국

9백년
사책으로
패권을 자랑 터니

깨어진
항아리
쏟뜨린 물이로다

통일도
한순간이요
분열도 한순간일세

고 려

때 아닌
뇌성벽력
서라벌 휩쓸던 밤

사량궁
천년종사
눈물 속에 무너지어

신라의
말대임금님
고려 신하 되었도다

이씨조선

오얏꽃
만발하는
한양성 바라보니

백악산
옛 궁터에
이씨조선 보이는 듯

경복궁
풍경소리에
흘러간 오백 년사

종묘사직 부귀공명

나라님 존귀한 몸 창생의 어버인데
정사를 제쳐놓고 주색잡기 일삼다니
맙시사 종묘사직은 꿈에나 지키리오

용상이 좋기로서 끝없는 영화일가
권력을 탐하는 자 좋은 끝장 없었나니
천하의 부귀공명이 일장춘몽이더라

삭풍을 어이하며 낙화를 어이하리
사나운 비바람에 국토가 갈라지니
종묘에 깃드는 황혼 처량함을 어이하리

미련한 임금 앞에 고견이 있을쏘냐
사직이 망하는 줄 해 저물어 알았으니
꺼지는 촛불 앞에서 땅을 친들 어쩌리

자고로 조정암투 궁전이 소란한데
이기면 공신이요 지며는 역신이라
끝없는 당파싸움에 백성만 고생했네

나라를 세웠노라 용포자락 날리더니
혈안의 골육상잔 누구를 탓하리오
해지는 저녁강산에 찬비만 주룩주룩

꽃 속에 묻힌 나비 낙이야 많겠지만
꽃들의 시샘 질에 잘된 일 몇이던고
맙시사 화용월태에 정신이 도는 것을

가야금

가실에 우륵 선생
오동나무 다듬어서
열두 줄 삼실아래
기러기발 고이더니

둥기당
가야금소리
울려가는 삼천리

낙화암

부소산 찬바람에
하얗게 지는 꽃은
백제가 날려 보낸
마지막 꽃이런가

가엾다
백마강변에
눈물 젖은 낙화암

망부석

율포를 떠나신 임
왜 상기 안 오시나
치술령 고갯마루에
날리던 치맛자락

그리워
애타는 마음
망부석 되었구려

박제상

바다를 가로질러
왜국 땅 디딘 몸
갈밭에 피 뿌리고
무주고혼 되어지고

충혼은
타향에서도
외로움을 모르는가

을지 장군

을지를 생각하면
잠인들 어찌 올까
청천강 노한 물에
고기밥 될 줄이야

수양제
저승에서도
얼굴을 못 들리오

에밀레

울지를 말아다오
봉덕사의 황동 종아
에밀레 그 소리에
산천초목 흐느낄라

십만 근
죄악을 새겨
국보로 되었으니

김유신

나라의 보필 되어
몸과 맘 다했으니
유신은 어엿하고
임금은 목메어라

충(忠)이다
삼한통일에
빛 뿌린 유성 하나

천하명장

구주성 싸움터에
비껴든 검 한 자루
무도한 오랑캐를
풀 베 듯 휘둘렀네

그 이름
천하의 명장
강감찬 장군일세

백두 장군

환갑상 뿌리치고
일어선 저 늙은이
왜적을 떨게 한
백두 장군 최영이라

고려국
3대 충신에
그 이름 살았도다

정몽주

임 향한 일편단심
가실 줄 없었기에
단심가 지어놓고
선죽교를 물들였네

송도 땅
마지막 충혼
정몽주여 정몽주

이성계

천하를 종횡하던
융마시절 있었건만
집안의 난리만은
어쩔 수 없었구려

덧없는
인생고뇌를
어디 가서 달래볼까

나라 글

먹물을 중히 하고
선비를 아낀 보람
한글을 창도하여
창생에게 주었나니

나라 글
훈민정음에
세종대왕 공덕일세

수양대군

휘두른 철퇴아래
충신이 쓰러지자
곤룡포 떨쳐입고
용상에 앉았다만

하룻밤
천추의 죄를
무엇으로 씻으리까

생사육신

형틀에 굽히리오
죽음에 굽히리오
임 따라 가는 길
새남터라 굽히리오

사육신
떠나간 곳에
생육신 있는 것을

남이 장군

간신은 사악하고
임금은 어리석어
열혈의 청춘 남이
역모 죄에 걸렸구나

시 한수
아니 지었던들
꽃나이에 죽었을까

연산군

민심의 득실여부
흥망을 좌우진데
도의를 저버리고
임금노릇 어찌 하오

어차피
상갓집 개라
쫓겨나는 수밖에

황진이

송도에 삼절이라
세인이 우러를 제
첫째는 박연폭포
둘째는 화담경덕

그리고
황진이올시다
라고 여쭈더라

신 사임당

그림에 뛰어나서
솔거를 따라잡고
덕재가 겸비하여
글재간도 놀랍더니

훌륭한
어머니 되어
율곡을 길러냈네

허란 설헌

오동잎 지는 밤에
등잔불 밝혀놓고
외로운 한마음
눈물로 달래보던

조선의
일류 여시인
허란 설헌 아니던고

행주치마

치마를 둘렀다고
얕보지 말지어다
봉긋한 가슴마다
아로새긴 애국의 뜻

혈전의
행주산성에
피 흘린 행주치마

이순신

한산 섬 밝은 달은
그 이름 기억하리
거북선 승승장구
왜적을 족친 장군
내 나라
구하는 길에
위훈 떨친 수병장

독전기 높이 들어
창파를 가르더니
날 저문 물나라에
사라진 큰 별 하나
내 나라
구하는 길에
목숨 바친 이순신

논 개

빼앗긴 촉석루에
풍악소리 은은한데
어여쁜 꽃 한 송이
벼랑 끝에 순절하니

남강은
충혼을 안고
오늘도 흐느끼리

방랑시인

물 따라 구름 따라
삿갓에 막대 짚고
떠도는 팔도강산
자는 곳이 내 집이라

글 지어
꾸짖은 천하
방랑시인 김삿갓

민 비

어여쁜 꽃송이라 궁중에 옮겨놓고
왕실에 넘쳐나는 웃음도 많았지만

복중에
화가 숨은 줄
조선은 몰랐어라

대궐이 높다 해도 치맛자락 밑에 드니
살아서 두 번 다시 천하를 쥐락펴락

무참히
쓰러진 생령
북망산 이루었네
옥호루 침전아래 뒹구는 저 목숨
녹원의 푸른 숲에 사라지니 푸른 연기

말세에
이른 이씨조선의
가냘픈 모습이여

망명가

개화를 부르짖다
성사를 못한 몸이
떠나가는 뱃전에서
고국 땅 바라볼 제
망망한
바다바람에
앞을 가린 눈물이여

이 몸이 한번 가면
언제 다시 돌아올까
파도에 부서지는
갈매기 울음소리
가슴에
흐르는 선혈
뿌리지 못함이여

방성대곡

경운궁 용마루에
하현달 서글픈데
하야시 별실에는
을사오적 춤을 추니
마침내
치욕의 날은
오고야말았도다

을사년 저녁 해가
어둠 속에 묻히더니
오백년 이씨조선
피바다에 잠겼구나
슬퍼라
빼앗긴 나라
그날의 방성대곡

녹두 장군

간밤에 내린 이슬
초목을 적셨구나
녹두꽃 떨어지니
울고 가는 청포장사

목메어
다시 부르는
녹두 장군 전봉준

한일합방

빼앗긴 산과 들에
찬비만 내리는데
역적은 근심 없이
술상을 두드리네

조선아
주권을 잃고
2천만이 어찌 살리

절명곡

쓰러진 무궁화는
게다짝에 짓밟히고
머리 푼 수양버들
냇가에 울고 섰네

갔구나
탁류를 떠난
깨끗한 혼백들이

3월 봉화

시월의 포 소리는
봄 우뢰 울려주고
사월의 붉은 피는
삼천리를 깨웠도다

내 나라
아니 찾고서
살기를 원할쏘냐

타향살이

여섯 날 미투리에
고향을 떠난 몸이
눈보라 이역만리
날리던 옷자락이

지나온
발자국마다
피눈물 고였구나

보릿고개

한 끼를 넘어가기
산보다 더 높은데
뙈기밭 푸른 보리
어느 적에 누르를까

메 싹만
먹던 누나는
집으로 아니 오고

칡뿌리 캐어 캐어
창자를 달래보며
허리띠 졸라 졸라
기어 넘던 보릿고개

쓰러진
누나의 혼이
소쩍새로 변했소

흘러간 옛이야기

노래도 구슬퍼라
망국의 36년
비운에 목메이는
흘러간 옛이야기

찢어진
동족의 가슴
언제면 다 아물까

황성옛터

스쳐간 광음 속에
엇갈린 흥망성쇠
옛사람 잠든 곳에
비바람 오고가고

한때의
풍진세월이
꿈과 같다 히더리

조선아

남쪽하늘 바라보며 옛일을 더듬을 제
아득히 안겨오는 반만년 풍우세월
조선아
조상의 땅아
할 말이 많구나

사책의 갈피마다 풍기는 피비린내
어여쁜 강산이라 비운 또한 많았도다
조선아
겨레의 치욕
가슴이 찢어질라

형제로 태어나서 의좋게 살아감은
우로는 하늘의 뜻 아래로는 어버이 뜻
조선아
단군의 얼로
뭉쳐야 하리로다

뜯기고 짓밟혀도 지켜낸 하얀 넋은

백두산 안개 되어 삼천리를 흐르나니
조선아
너의 존엄은
만고에 푸르리라

제2부 백자의 향

1. 섭리의 손

바느질

바람새 지나간
바늘구멍 사이로
내다본 세상은
작아도 밝았다
날 세운 실오리 한 올
머리를 들이밀고

없는 것이 죄가 되는
요즘 같은 세월에
찢어진 마음 섶을
기워보는 이 저녁
새날은 이불속에서
화려한 꿈을 꾸고

끈질긴 욕망으로

살아있는 목숨으로
백년의 가난설움
실밥처럼 뜯어내며
피맺힌 손가락으로
그려보는 풍경 한 폭

절 벽

강물이
절벽을
만나지 못했다면

한 몸이 산산 부서지는 아픔은 없었으리
흩날리는 육체의 파편은 없었으리
햇살로 받들어 올린 무지개도 없었으리
하늘에 메아리지는 북소리도 없었으리
벼랑에 드리운 비단필도 없었으리
폭포라는 나래 돋친 이름도 없었으리

비장한
생명의 꽃은
벼랑 끝에 피는 것을

생각하기

밉다고 생각하면
고운 것도 미워지고
곱다고 생각하면
미운 것도 고운 듯이
일상의
마음치례는
생각하기 나름이다

맑지게 생각하면
세상은 개명천지
어둡게 생각하면
세상은 암흑천지
한세상
사람 사는 일
생각하기 나름이다

황혼 나무

석양빛 마주서서
만져보는 나이테
아까운 춘하추동
많이도 축냈구나

주어진 한번 인생에
안쓰러운 추억이여

때늦은 자성으로
열어보는 마음들창
절망을 도려내고
희망을 접목하면

한그루 황혼 나무에도
보람 꽃은 필거야

작은 소망

입술 따사로운
햇살이고 싶어라

눈이고 얼음이고
싹 녹여버리고
한 알 씨
보듬어주는
애무의 빛다발로

계절을 망각한
꽃향기이고 싶어라

고달픈 세상살이
지긋이 감내하며
사바의
넓은 뜨락에
살아있는 내음으로

새벽길 다그치는

이슬이고 싶어라

꽃잎 풀잎 나뭇잎과
만나는 그 언덕에
뒹굴어
부서지어도
달가운 사랑으로

거미줄

드디어 지구촌이
거미줄에 걸리었네
시공을 주름잡는
마술의 신비로움
과학은 국제화를 위해
영광을 떨치었네

왕거미 늘여놓은
인터넷 그물 속에
인간은 어쩔 수 없는
몸살을 앓고 있네
까맣게 저도 모르게
무엇인가 잃고 있네

정보를 먹고 사는
배부른 세월에
컴퓨터 건반 앞에
묶이운 몸과 마음
문명도 거미줄인줄
인제는 알겠네

기다림의 미학

—겨울나무

이제
할일이란
바로 이거다
잠간 눈을 감고
명상의 등불 곁에

뼈 쏘는 기다림으로
아프게 섰는 거다

찬바람
그 속에서
성에꽃 가꾸면서
겨울새 불러주는
사랑노래 들으며

적막의 싸늘한 가슴
스스로 보듬는 거다

백 발

그렇고 그런 세상
주름살만 늘이었지
일락은 서산이요
스며드는 황혼 빛

백발은
추억에 젖어
석양에 기대였다

자연은 무한이요
인명은 유한이라
어차피 왔다가
떠나야 할 목숨인데

무엇을
남길까 하니
하얀 뼈 한줌이다

호랑이

쑥 마늘 모진 내음
백날을 참았다면
웅녀처럼 호랑이도
인간이 됐으련만
어쩌랴
부족한 참을 '인'자
기회를 놓칠밖에

다시는 올수 없는
ㄱ날을 생각히며
앞발을 추켜들고
따웅 한들 무엇 하리
벼랑을
오르내리며
심산에 살수밖에

미용원

미용원
수술 칼에
홍조가 흐른다

반듯이 누워있는 이마와 눈까풀과
코와 입 그리고 젖가슴들
모두가 젊어지고 예뻐지는 특효약을 달라고
기도하는 모습이다
세포는 이 시각에도 사멸운동을 하는데
영원의 미를 갈구하는
욕념의 불길은 뜨겁기만 하다

하지만
노쇠를 막는
지팡이는 보이지 않는다

인력거

이것도 풍경이다
살아가는 모습이다

밑바닥 패쪽 달고
달리는 세 바퀴 차

아파라
인생 고갯길
힘겨운 삐걱 소리

포도청 목구멍을
달래보는 어스름에

만져보는 하루 삯전
소금에 절었구나

땀으로
얼룩진 길을
가로등이 굽어본다

약하면서 강한 것

칼날이 푸르다고
베어짐이 있으랴
돌 들어 깐다 하여
죽어짐이 있으랴
태초의 일월성신과
눈 맞춘 사인데

천야만야 높은 벼랑
맨살로 떨어져도
웃으며 소리치는
불사의 넋 줄기여
물보라 격정 토하는
반짝반짝 옥구슬

약하면서 강한 것
한둘이 아닌 심라
초목이 그러하고
여인이 그러하고
더구나 그러한 것이
강물인줄 아노라

꽃상여

전생의 인연으로
세상에 태어나서
사람이란 굴레 쓰고
고행 길에 살다가

북망산
어스름 속으로
사라지는 그림자

저녁노을 타는 곳에
명을 다한 해끝발이
가오가오 나는 가오
명정 한 폭 손에 들고

내세를
기웃거리는
꽃상여 같아라

섭리의 손

날실을 드리워
청단을 짜는 소리
촉촉한 숨결 따라
속살이 젖어드네

은밀한 섭리의 손에
열리는 하늘대문

뜨거운 입김으로
얼어든 입술 찾아
타오르는 임의 정이
혀끝으로 녹여주니

양지쪽 풀리는 자궁
태몽이 깃들었네

젖가슴 드러내고
초록을 빚는 재미
목마름 달래주는

태초의 뜻인 것을

세상을 살다 보며는
모를 리 없겠네

시간의 물

흐르는 물이요
썩지 않는 빛이로다

속살 파고들어
감겨오는 나이테

한 고개
또 넘어가는
세월의 방울소리

살아가는 이야기에
새살이 돋게 하고

역사를 가리켜
순간이라 말하네

영원의
고향에 사는
우주의 푸른 피여

이 슬

여린 몸
둘 곳 없는
크나큰 하늘나라

밤새껏 바장이다
내려앉은 물 아기들

차분한
손기척으로
새벽 문 노크하고

풀잎에
기대여
바라보는 동녘하늘

올롱한 샛별눈에
열리는 작은 들창

기원과

소망에 젖은
새 아침이 반짝인다

꽃 편지

고요한 호수에
날아온 조약돌
파문의 동그라미
흔들리는 이팔가슴

산 너머
공사장에도
봄바람이 부나 봐

장밋빛 노을 속에
스미는 물안개
행복을 속삭이는
따스한 입김이여

이 몸은
파랑새 되어
구름 밖을 날으네

정거장

만나는 사람에겐
상봉의 뜨락이요
헤어지는 사람에겐
이별의 항구일세

오늘도
시간표대로
열차는 떠나가고

지구라는 정거장이
하늘아래 생기여
기쁨과 설움이
마른 날 있었던가

두 줄기
눈물을 타고
들려오는 기적소리

비닐봉지타령

너희는 좋겠다
아무데나 버려도
제멋대로 뒹굴어
노는 재미 좋겠다
더구나 하늘까지 날수 있어
부러운 게 없겠다

날아예고 나부끼며
찢기고 펄럭이며
황사바람 안고 오는
싯누런 비닐봉지
잿빛 구름 몰아오는
진회색 비닐봉지
해골 찾아 기어가는
새하얀 비닐봉지
배암처럼 머리 드는
시퍼런 비닐봉지
가마밑굽 핥고 나온
까아만 비닐봉지

하혈 끝에 말라붙은
검붉은 비닐봉지
봉지 봉지 비닐봉지
산에 들에 오염봉지
너덜너덜 비닐봉지
천지간에 애물봉지
미친년이 놀아나듯
광란하는 비닐봉지

불에 태우면
송장 내음 풍기고
땅에 묻어도
썩을 줄 모르는 것
아이고
인간 때문에
자연이 죽어나네

노인장

지팡이에 실은 여생
다리쉼 그루터기
사람도 노쇠하면
진대가 되는 것을

휘어든
그림자에서
훗날의 나를 본다

한가슴에 피 석동이
끓던 날은 어디 가고
빛 잃은 눈동자에
해거름 비꼈으니

자고로
생명 시말이
이러함을 어이하랴

철새의 길

제비도 가거라
기러기도 가거라

발목을 붙잡아도
말려내지 못할 것을

계절이
계절이라서
아니 가고 어쩌리

은하나루 갈대숲에
반짝이는 서릿발

넘어가는 길목에
바람이야 차겠지만

타고난
인고의 날개
높이 저어 가거라

2. 단풍 열반

가을밤

달빛을 튕기어
가락을 맞추었다

밤 여울 넘어가는
귀뚜라미 노랫소리

서로가 기별이 되는
절절한 문안이다

고향이라 불러보는
머언 산자락도

이 한밤 설치여
깊은 잠 못 들리라

가슴에 하늘의 소리
깊어가는 가을밤

단풍 열반

하늘 뜻 새겨들어
뿌리친 부귀영화

씨앗사랑 이웃사랑
천직으로 살고지고

마침내
다다른 경지
영생의 언덕이라

사르리 사르리
이 몸을 불사르리

백팔 번뇌 해탈하는
열반의 한마당에

해거름
노을빛처럼
이 몸을 불사르리

겨울 세척

성에꽃 하아얀
강둑길에 올라서면
미끄럼 타고 오는
방치질 잦은 가락

빙하의
뚫린 구멍으로
하늘이 흘러가네

동면의 언 가슴
토닥이는 젖은 손
살얼음 비껴오는
뼈 시린 삶의 노래

그녀의
빨래함지에
부서지는 겨울 빛

육모 꽃

쏟아져 하염없는
그리움의 편린들이
정갈한 넋을 새겨
육모 꽃을 만들면

상념은
꽃 서리 속에
하얗게 깊어간다

영혼의 반짝임을
가슴으로 사랑할 때
티 없는 눈동자를
바라볼 수 있으리

성단의
높은 층계는
언제나 흰빛이다

흙 엄마

살아도 그 품이요
죽어도 그 품이라
은혜로운 대지여
자애로운 가슴이여

세상에
이런 어머니
또 어디에 있을까

살점이 떨어지는
아픔을 감내하며
오로지 숙명으로
천하 만물 키우나니

세상에
이런 어머니
어디에 또 있을까

호드기

비틀어 만들어도
소리만은
구성지다
이쁜이를 찾아가는
강변의
슬픈 숨결
나무도
물이 오르면
소리가 나는 것을

꽃새암 언덕너머
목메이는
그리움에
이마에 손을 얹고
바라보는
남쪽 하늘 해마다
다시 부르는
내 고향 봄노래

풍년 북

조석으로 머리 드는
서늘한 바람결에
만산이 추켜올린
단풍축제 한마당

은은한
풍악소리에
하늘은 높아지고

뿌린 땀 영글어
아롱지는 계절 빛
오곡백과 너넘실
출렁이는 지평선

해달은
신토불이로
풍년 북 만들었네

겨울이 떠난 자리

눈꽃 얼음 꽃만
다루는 두 손으로
추운 날 튕겨나며
뽐내던 그 사람

이삿짐
동이던 날은
바람 또한 좋았다

잠간은 텅 빈 자리
어수선하겠지만
그래도 만져보면
부드러운 흙살인 걸

땅속에
흐르는 봄을
느낌으로 안아본다

풀 아기

용케도 넘어왔네
가파른 얼음고개

숨죽여 바라보는
머언 들녘 아지랑이

바늘귀
작은 가슴에도
하늘이 열려오네

햇살도 당겨보고
바람도 만져보고

조금씩 커지는
이슬 젖은 눈망울

감격은
푸른 숨결로
이승 밭을 감도네

춘야우(春夜雨)

꿈속을
깨어보니
젖어있는
아랫도리

하늘도
요맘때면
사춘기를
앓는 게다

눈이 큰
달래동아가씨
치마끈
푸는 소리

봄 나무

푸른 비늘
번쩍이는
갑옷을 떨쳐입고
개선문에 들어선
저 무적의 용사들

자연은
슬기로운 아들딸
많이도 길렀구나

녹색혁명
깃발 높이
지켜온 고지마다
유난히도 청아한
물새소리 산새소리

세상은
워낙 이렇게
살맛 있어야 하는 것을

봄 아기

거친 살 맞비비는
마른 검불 그 사이로
빠금이 내다보는
파아란 눈망울

삼동을
딛고 일어선
봄 아기 빛이어라

옷고름 풀어헤친
엄마의 가슴에서
젖살 오른 고운 입술
나불나불 웃는 모습

살며시
허리를 굽혀
뽀뽀라도 하고 싶다

달맞이꽃

달뜨는 저녁이면
설레이는 사랑이여
임 향한 일편충정
머언 하늘 바라볼 때
방긋이
열리는 입술
이슬이 촉촉해라

가슴 조여 기다린
아름다운 순간이여
임이 없는 세상은
서러워 어이 살까
연정에
달아오른 몸
향기도 그윽해라

깊어가는 겨울밤

백설의 포장마차에
밤은 깊어가는데

광야를 질주하는
칼바람 호곡소리

해마다
무슨 사연이
저리도 애절할까

꿈 새들 알을 품는
여인숙 처마 밑에

푸른 등 걸어놓고
바라보는 동천하늘

새날이
깃 터는 소리
더구나 짜릿해라

삼 월

보슬비
내리네
작은 종이 울리네

잠자던
아가들의
샛별눈이 뜨이네

삼월은
생명의 찬가
전주곡을 울렸네

노랑나비
날으네
부채춤을 만드네
임 찾아
가는 길
만리 길도 멀지 않네

삼월은
이쁜이 가슴
사랑무늬 고웁네

강남제비

천리 밖을
날아도
변할 줄이 있으랴
그네 타던
시골집
빨랫줄이 그리워
춘삼월
햇살을 저어
돌아온 강남제비

바람고개
구름바다
머나먼 하늘 길
두고 간 정
못 잊어
헤쳐 온 그 마음
고향을
등진 사람에게는
거울이 되겠네

강변에서

강이라고 찾아가니
앓고 있는 물이였네

시커멓게 멍든 가슴
신음소리 높았네

망연히 바라보면서
할 말을 못 찾았네

오수를 뒤집어쓴 채
뒤척이고 있었네

눈물 젖은 사연으로
흘러가고 있었네

죄 많은 인간세상을
다시금 실감했네

다리미

대를 물린 오두막
구김살 없애느라
가슴에 불을 안고
기어온 허구한 날

가난을 다림질하며
험한 고개 넘어왔소

눈부신 세상에도
한숨이 있고
꿈 많은 인생에도
눈물은 있거니

찌드는 마음자락이
하늘 탓만 아니더군

다리고 또 다리면
곱게 펴이는 마음의 옷
그 옷이 없다면

햇빛도 어둡거늘

인생을 다림질하며
살아야 하겠소

물빛 영혼

—8녀 투강*

봉선화 물이 곱던
소녀의 꿈을 넘어
아녀자의 여린 손이
추켜든 항일봉화
망국의
비운을 안고
살수 없는 몸이었다

목단강 푸른 굽이
사품치는 여울목에
꽃나이를 묻어버린
비장한 최후여
그 넋은
녹수에 살아
영원한 물빛이다

* 가렬 처절한 항일 연대에 왜놈들의 포위 속에서 영용히 싸
  우다가 목단강에 투신한 여덟 자매가 있었는데 그 중에 안
  씨 성을 가진 조선족 여전사도 있었다.

낙엽이 우수수

낙엽이 우수수
아래로 떨어진다

녹음을 잃어버린
젊은 날의 추억처럼
내리는 가을비소리
조금은 쓸쓸하다

알맹이만 남겨놓고
쭉정이는 가라하고
세상 사는 일
예나 제나 이렇거늘

이 가을
인생나무에도
낙엽이 우수수

3. 연변의 산

룡 정

눈물도 퍼 올리고
웃음도 퍼 올리고
용두레 우물가에
얼룩진 세월무늬

얼마나
많은 애국지사들
갈한 목 추겼던가

미투리 초신발에
토스래 옷매무시
항쟁의 횃불 들고
달려간 '선구자'들

룡정은

그 넋이 살아
언제나 성스럽다

일송정

해란강 물소리에
긴긴 밤 뒤척이며
독야청청 백설 속에
봄소식 기다릴 때

샛별은
새벽하늘에
반짝이는 빛이었다

나라는 망했어도
민족은 아니 죽어
석간에 뿌리내린
억척같은 굳은 절개

솔 내음
푸른 잎으로
오늘을 수놓았다

팔련성 유감

—발해국 동경룡원부 유리

터 자리만 누워있는
발해국을 에돌아
두만강은 오늘도
갈 길이 바쁘고

그래도
황성옛터라
다시 한번 돌아보고

바람 등에 업혀온
눈 없는 모래알
덧없는 세월처럼
자꾸만 쌓이는데

그래도
자리지킴 하는가
너삼이여 들풀이여

동주님

지옥의 한 모퉁이
숨 막히는 질곡 속에
사나이 나아갈 길
대쪽으로 선택하고

바람에 스치는 별까지
가슴에 품었더라

새파란 젊은 나이
불사른 타향천리
하얀 뼈 마디마디
아로새긴 겨레사랑

천고의 "하늘을 우러러
한점 부끄럼" 없으리

암야에 나래치는
한 마리 불새마냥
짓밟혀도 죽지 않는

배달의 혼을 심어

'하늘과 바람과 별과
시'를 낳았으니

정각사*의 비구니

소리 없이 흐느끼는
황촛불 마주앉아
귀찮은 긴 머리를
뭉턱뭉턱 잘라낼 때
너희들 여자의 꿈은
불문으로 스며들고

스스로의 고해 속에
정천을 향한 눈매
가냘픈 두 손 모아
보살님 우러르며
선단에 받들어 올린
극락의 연꽃이여

백 공 팔 염주 알로
파고드는 독경소리
이승의 화롯불에
타오르는 무아의 향
자비는 실안개처럼

산허리를 감돌고

* 돈화에 있는 비구니절간.

하늘의 소리

열린 귀 두개로는
듣지를 못하리

어둠을 쪼아 먹는 불새의 웃음소리
이지러졌다 둥글어지는 달 몸의 떨림소리
밤을 아니 자는 별들의 속삭임소리
정처 없이 굴러가는 구름기차 기적소리
성깔 사나운 번갯불의 채찍소리
도래굽 넘어가는 은하수 여울소리
새벽을 깨우는 이슬의 외침소리
동천을 물들이는 노을 가슴 타는 소리

하늘의 소리
영겁의 소리

가슴을
아니 열고선
듣지를 못하리

한마당 풍악소리

—연길 민속촌

각고의 세상살이
달갑게 감내하며
세월의 험한 고개
얼마나 넘었던고
달려와
가슴 울리는
한마당 풍악소리

초가삼간 부엌에서 솥뚜껑 여닫는 소리
뒷고방 할아버지 장죽 두드리는 소리
잦은 가락 몰아치는 할머니의 다듬이소리
물레소리 붕붕 목화 실을 뽑는데
바디소리 짱짱 베틀가를 부르고
어이어차 불어라 풍구타령이 타간다
큰애기 다홍치마 툇마루 스치더니
앞 냇가 빨래터에 방치소리 토닥토닥
수레바퀴 삐걱삐걱 달빛 신고 돌아올 때
왈랑절랑 방울소리 둥글 황소 영각소리

디딜방아 절구방아 물레방아 쿵덕 쿵
장고쟁이 북쟁이 퉁소쟁이 나온다
산촌의 명절맞이 떡메소리 떵떵

산에 들에 울려가는
소리소리 온갖 소리
어느 것 하나인들
우리 것이 아니랴
백두이
푸른 하늘에
새겨진 저 메아리

장백의 백화림

산이 높은 골연에
모여 사는 형제자매

춘하추동 모진 세파
한허리에 감았구나

구태여
묻지 않아도
한 핏줄을 닮은 것이

창공을 우러러
미소를 날리며

오늘도 울려보는
한마당 풍악소리

하얀 옷
떨쳐입은 뜻
장백이 모를 리야

성 수

—천 지

이 땅이 열리던 날
터를 잡은 하얀 산채
그 뜨락에 솟아오른
천혜의 샘물이여

스스로
기봉을 둘러
철벽을 쌓았구려

섭리대로 오고가는
해와 달 우러르며
명정한 거울 하나
간직한 푸른 가슴

그 신비
하늘에 닿아
천지라고 하더라

민들레

소쩍새 울어 울어
가슴 더욱 찢어지던
월강의 토스래 옷
우리 어찌 잊으리오

그날의 민들레 홀씨
넘어온 저 고개

비바람에 부대끼면
바위도 모가 닳아
바퀴처럼 굴러가는
세월의 한 모퉁이

두메는 꽃씨를 품어
우리를 잉태했다

흙에 납작 엎드려
낮은 삶을 살지만
슬프지도 않다

아플 것도 없다

동그란 웃음 하나로
천직을 다 하거니

나그네

강물이 자그마치
십수 년을 흐르더니
산향도 변하고
나도 늙었네
하늘이
사람 사는 일
요렇게 안배했으니

버스 타고 기차 타고
찾아온 시골집
산도 서먹 물도 서먹
서먹동네 같은데
나 또한
길 물어가는
타향나그네

애시 적 친구들은
찾을 길 바이없고
후생은 애시 당초

면목조차 몰라라
밖으로
살다 보며는
고향도 멀어만 지네

버려진 우물

쐐기물린 네모귀틀
맥이 진해 쓰러지고
물동이도 드레박도
발길이 끊어지고
어쩌면 볼썽사나운
요 모양 되었는고

해와 달 건져내어
머리위에 얹어오던
그날의 여인들
똬리가 그립구나
지금은
입만 벌린 채
시커먼 저 함정

수돗물 먹는 재미
현대 맛이 나겠지만
그래도 생각나는
삼복철의 찡함이여

고향을 등진 가슴에
옹이지는 아픈 추억

연변의 산

불용이 꼬리 살려 용암을 토할 때도
용암이 식어 너럭바위로 누울 때도
산이여,
연변의 산이여
너는 눈물 한 방울 흘리지 않았다

가람 건너온
목이 길어
슬픈 사슴이 떼
무수한 골짜기를 넘나들며
피타게 네 이름을 울었으니
그만큼+
연변의 산이여
너는 우리 삶의 유일한 기탁이었다

손금에 박혔다는 사주팔자는
귀신할미나 알라 하고
백년을 악착같이 걸구어온 살림살이
넋이여,

연변의 산이여
우리는 너와 함께 이렇게 살아있다

퉁소소리

물소리
바람소리
새소리
음악소리
마음그릇 비워놓고
가득 채운 온갖 소리

달빛에 흘러내리는
우리네 가락일세

정한을
달래보는
향수에
젖은 소리
한마당 멍석위에
구성진 퉁소소리

산향에 살아 푸르른
배달의 숨결일세

우리말

대를 이어 보듬어온
금강의 옥돌이요

백설 속에 독야청청
장백의 소나무라

풍진에 찌들지 않는
나이테가 눈물겹다

큰 나라 한 모퉁이
물들이는 진달래가
넋을 지켜 잠 못 드는
백년의 숨결인줄

세상이 다 모른다 해도
두만강은 알리라

유머의 예술

우리말 고운 말
보듬는 가슴으로
언어의 텃밭을
알뜰히 다루더니
어여쁜 말꽃나무에
말새들이 알을 까네

할미꽃은
오늘 피어도 할미꽃
내일 피어도 할미꽃
새장구는
오랜 것도 새장구
낡은 것도 새장구
오리는
십리를 가도 오리
백리를 가도 오리
북(鼓)은
동쪽에 있어도 북
서쪽에 있어도 북

하고 말들이 재롱부리는데

그 사람 참 웃기는 양반이지
옷을 가리키기에
오시오 했더니 다가오고요
잣을 가리키기에
자시오 했더니 깨어먹고요
갓을 가리키기에
가시오 했더니 돌아가면서
흐믈넙적 "개살구 하나"를 주더라나

과연 신묘한
우리네 유머로다
깜찍한 아름다움
그윽한 향기로움
요렇게 재미있는 말
우리 말고 또 있을까

얼기설기

남산
칡뿌리도
북산
등나무도
혼자서는
못 산다고
얽히고
설키였거늘

우리도
초목을 닮아
얼기설기
엉켜야 하리

가을 엽서

꽃이 지고 잎이 지고
여름 또한 지나가고

가을에서 가을이
또다시 오기까지

나무의 마디 굵은 손은
쉴 사이 없었으니

하늘에 띄우는
천만장의 저 엽서를

누구의 밝은 눈이면
읽어낼 수 있을까

화안(火眼)*이 아니고서야
꿰뚫지 못하리라

* 『서유기』에 나오는 손대성의 눈

4. 백자의 향

은하나루

이 밤도 눈감으면
그리운 얼굴들
청사초롱 밝히고
빛 날개를 흔든다
아득히
가물거리는
별들의 나루터

하늘 밭 잔디위에
밤이슬이 뜨겁구나
생시가 아니라면
꿈에라도 만나야지
사공아
배를 띄워라
노를 저어라

통일서광

세기의 벼랑 끝에
무지개발 서리더니
갈라진 산과 물이
드디어 만났구나

마음이 둥글어지면
화기가 도는 것을

백두에서 보아도
한라에서 들어도
동족의 푸른 혈맥
굽이치는 삼천리

마침내 동이 트려나
서광이 비끼었다

비파도

창파의 부대낌에
다듬어진 옥돌이라
하늘도 여기서는
갈매기 하늘이다

바람은
기폭에 앉아
뱃머리에 나부끼고

섬마을 바위 굽에
열두 폭 초록치마
바다는 출렁출렁
제멋에 흥이로다

물빛도
사랑에 젖어
은구슬로 속삭이고

(조선라진에서)

6월의 악수

6월의 언덕위에
마주잡은 두 손은
3천리를 비추는
꽃등으로 일어섰다

동해도 감격에 젖어
울먹이는 한가슴

백두봉이 굽어보는
아사달의 뜨락에서
무궁화 5천년
그 혈맥을 쓰다듬어

노을은 산발을 타고
몇 번이나 붉었던고

장벽을 넘어서는
칡뿌리 아픔으로
하늘땅 살려내는

정상의 몸짓으로

수화의 상극을 떠난
한 핏줄의 만남이여

(2000년 6월에 분단 55년 만에 있은 조선반도 정상회담을 두고)

해수욕장

―라진에서

갈매기 춤추는
푸른 숨결 동해바다
물빛에 취한 몸
백사장에 누우면

육신을
간지럽히는
파도의 부름소리

젊음을 속삭이며
수평선 저 끝까지
입술을 마주한
쪽빛하늘 쪽빛바다
청춘은
불 모래처럼
뜨거운 가슴이다

아침의 나라답게

이슬 맺힌 고운 손이
천만번 쓰다듬어
반짝이는 거울 속에

여름이
물장구치며
어리광부린다

파 도

—라진바다

사무쳐 사무쳐서
철썩철썩 처절썩

맨살로 달려와
안아보는 바위마다
날리는 하얀 물갈기
마를 새 없어라

가는 듯 아니 가고
되돌아 다시 한번
물보라로 속삭이는
이끼 돋친 이야기

이렇게 볼을 비비며
함께 살자 하더라

서광—2001

로야령 타고 오는
동천의 밝은 미소
새 세기를 열어주는
천혜의 빛이로다

하늘이 진주의 서광
이 땅에 주었으니

삭풍은 몰아쳐도
가슴은 뜨거워라
동트는 이 아침의
해돋이를 향하여

날아간 스물한 마리
길상의 비둘기 떼

환성은 산발 타고
만리를 굽이치네
서광성 삼림산에

울리는 저 메아리

좋구나 우리 금삼각
행운의 요람이여

(중국 새 세기 첫 서광이 훈춘 삼림산을 안아주었다.)

한국행

한가슴 울렁울렁
옷깃을 여며 쥐고
구름너머 하늘 길로
찾아간 고국산천
산과 물
그리고 사람
한 핏줄을 만났다

스치는 바람에도
들려오는 조상 숨결
5천년 높은 맥락
뼈와 살로 느껴보며
한마당
통일아침을
두 손 모아 빌었다

경주회포

형산강 여울소리
불국사의 종소리
여린 가슴 파고들어
눈시울이 젖는다
신라의
한가위 달빛
스며든 그 자리에
명활산 선도봉
안고 도는 저 백운
목메어 불러보는
'신라의 달밤'이여
어차피
속일 수 없는
핏줄인줄 알겠다

첨성대

천년의 피와 땀
슴배인 우리 문화
경주라 푸른 들에
보석으로 박혔으니

지존의
우리 조상님
혜안이 고맙구러

영욕이 엇갈리는
풍운을 헤쳐 가며
별자리 지켜보던
신라의 밝은 눈빛

백골이
진토 되어도
첨성대는 기억하리

탐라의 봄

봄맞이 제주도는
노랑색 꿈 아가씨
유채꽃 옷자락에
윙크도 싱그럽다

빛 떨기
화사한 가슴
해풍에 출렁이네

백록담 바라보는
뿔사슴 머리위에
받들어 얹어주는
지천의 꽃다발은

「감수광」
노래에 스민
사무치는 정이렷다

도 공

지게발로 끌어내린
푸른 하늘 한 자락
관솔불 가물대는
토굴집에 얹어놓고
민초의 고달픈 삶을
구워내던 사나이

영아의 옹알 같은
신생의 악장 속에
동실한 새각시
어깨를 타고내린
그날의 유정한 달빛
쓰다듬던 사나이

빈자리를 남기는
항아리 마음으로
둥글게 살아가는
자연의 운치대로
숯불에 그슬린 얼굴
흙 가슴에 묻었구려

청자의 사랑

동실한 어깨 타고
흐르는 빛이었다

잘록한 허리춤을
감도는 정이었다

여며 쥔 치맛자락에
스며든 향이었다

열반의 불가마에
태어난 꽃살 무늬

아프게 울리는
영혼의 피리소리

도공의 손등을 적신
하늘의 눈물이여

산모의 방

―동해바다

달동네 가로등이
가물대는 아랫목에
양수가 쏟아져
흥건한 아랫도리
어둠은 파도에 실려
자정을 넘어가고

하느님이 점지하신
화끈한 태몽으로
설치는 잠자리
돌아가는 쳇바퀴
기도는 두 손을 모아
칠성당에 얹어놓고

안개의 포장으로
가리운 산실에서
입술을 깨물며
걷어 올린 치맛자락

드디어 울음 터치는
핏덩이 하나

에밀레종

철쭉꽃 피어나는
신라의 하늘에서
그 누가 울리는가
애환의 뼈마디를

서라벌
동서남북에
목메던 그 소리

천년의 달빛 속에
슴배인 꽃향처럼
청동의 빛 무늬에
새겨진 모진 숨결

정골은
살아 울리는
메아리가 되더라

백자의 향

살며시 안아보는
그 이름 이조백자
청자와 어깨 나란히
쌍벽을 이룸이여

도공은
영혼을 구워
향기를 낳았구려

흰 구름 타고 오는
백조의 숨결인양
촉촉이 알포롬히
감도는 달빛이여

옥으로
다듬은 향이
월향인가 하노라

통일불상

나들이 속초 길에
만나본 청동부처님
설악산기슭에서
비를 맞고 있었네
불상도
통일 때문에
가슴앓이 하더군

신흥사 가는 길목
정좌로 앉으신 몸
누구를 기다리시나
여쭈어보았더니
어여쁜
통일아가씨라고
비에 젖어 답하더군

인연의 꽃나무

만나고 헤어지고
스쳐가는 우리 인연

꽃이라면 꽃이고
나무라면 나무다

알뜰히 가꾸지 않으면
있으나마나한 것

고운 만남은 고운 인연으로
가슴에 새겨지고

미운 만남은 미운 인연으로
아픔을 만들거늘

인연도 사랑나무처럼
보듬어야 하는 것

· 저자 ·

· 김동진 ·

· 1944년 중국 흑룡강성 녕안시 동경성진 출생.
· 1983년 연변대학통신학부조문전업(본과) 졸업.
· 길림성 훈춘시문체국창작실 창작원.
· 2004년 정년퇴직.
· 중국소수민족작가학회 회원.
· 중국 연변작가협회 이사.
· 중국 훈춘작가협회 고문.
· 『동북아금삼각』잡지 편집.

◆ 저서

· 시집 『칠색무지개』(공저, 1984년)
· 시집 『가야금소리』(1990년)
· 시집 『안개의 강』(1999년)
· 시조선집 『청자기의 꿈』(1999년)
· 시집 『백두산에 가서는』(2001년)
· 시집 『낙엽귀근』(2002년) 등.

청자의 꿈 백자의 향

- 초판 인쇄 | 2006년 1월 2일
- 초판 발행 | 2006년 1월 2일

- 지 은 이 | 김동진
- 펴 낸 이 | 채종준
- 펴 낸 곳 | 한국학술정보㈜
　　　　　경기도 파주시 교하읍 문발리 526-2
　　　　　파주출판문화정보산업단지
　　　　　전화　031) 908-3181(대표) · 팩스　031) 908-3189
　　　　　홈페이지　http://www.kstudy.com
　　　　　e-mail(e-Book사업부)　ebook@kstudy.com
- 등　　록 | 제일산-115호(2000. 6. 19)
- 가　　격 | 18,000원

ISBN　　89-534-4275-3　93810 (Paper Book)
　　　　89-534-4276-1　98810 (e-Book)